y eL GRaN EXpreso deL Cobaya

Megan McDonald

ALFAGUARA

Título original: *Stink and the Great Guinea Pig Express*

Publicado por primera vez por Walker Books Limited,
Londres SE11 5H

© Del texto: 2008, Megan McDonald
© De las ilustraciones: 2008, Peter H. Reynolds
© De la traducción: 2009 , P. Rozarena
© De esta edición: 2010, Santillana USA Publishing Company, Inc.
2023 NW 84th Avenue
Doral, FL 33122, USA

www.santillanausa.com

Maquetación: Silvana Izquierdo
Adaptación para América: Isabel Mendoza y Gisela Galicia

Aguilar, Altea, Taurus, Alfaguara, S.A. de Ediciones
Beazley, 3860. 1437 Buenos Aires. Argentina

Editorial Santillana, S.A. de C.V.
Avda. Universidad, 767. Col. Del Valle
México D.F., C.P. 03100. México

Distribuidora y Editora Aguilar, Altea, Taurus, Alfaguara, S.A.
Calle 80, n°. 10-23. Santafé de Bogotá. Colombia

Stink y el Gran Expreso del Cobaya
ISBN: 978-1-60396-630-6

Published in the United States of America
Printed in Colombia by D'vinni S.A.

14 13 12 11 10   2 3 4 5 6 7 8 9 10

Para Jordan

M. M.

A todos los empleados de la
librería "The Blue Bunny" en la
histórica plaza Dedham

P. H. R.

NOTA: El cobaya, o cobayo, es originario de Perú, donde por siglos ha servido de alimento a la población nativa. Cuando los españoles lo conocieron lo llamaron "conejillo de Indias" porque para ellos, entonces, Perú formaba parte de "Las Indias" recién descubiertas. En el texto se han utilizado las dos denominaciones indistintamente.

ÍNDICE

LA GRAN MURALLA

¡**G**olpe!

¡Roce!

¡Chillido!

Stink avanzaba, sin poder ver hacia adelante, cargando una enorme torre de cajas de cereal. Por fin llegó a la puerta de la casa de Webster.

—¡Ding-dong! —llamó.

—¡Guau! —exclamó Webster—. Entra. Sofía ya está aquí. Esto va a ser lo más divertido del mundo mundial.

—¿Cuántas cajas de cereal juntaste? —preguntó Sofía.

—Más de diez.

—Yo sólo traje una de Rueditas Felices —dijo Sofía de los Elfos—. Mi papá dice que son buenos para el corazón.

—Pues cargar todas estas cajas no fue nada bueno para mi corazón —dijo Stink jadeando—. ¿No podíamos haber usado terrones de azúcar?

—Stink, vamos a construir la Gran Muralla China. ¿Sabes cuánto tiempo nos costaría hacerlo con terroncitos?

—Bueno, a los chinos les costó cientos de años construir la de verdad.

—La nuestra sólo nos llevará un día —dijo Webster.

Justo en aquel momento, la torre gigante de cajas de cereal se derrumbó.

—¡A alguien le gustan mucho las Rosquitas del Humor! —exclamó Webster.

—A mi hermana Judy —dijo Stink—. Cambian de color cuando les echas la leche encima.

—¡Qué raro! —dijo Webster.

—¡Interesante! —dijo Sofía.

Stink sacó de su bolsillo trasero dos rollos de cinta adhesiva de color gris plata.

—Traje cinta súper adhesiva.

—En mi familia la llamamos "cinta súper agresiva" —dijo Sofía.

Stink y Webster se rieron mucho. Luego, los tres amigos alinearon las cajas de cereal en la parte trasera del jardín y las súper pegaron unas a otras.

—La Gran Muralla Súper Pegada —dijo Stink—. ¿Sabían que la Gran Muralla China se ve desde el espacio? —y se pusieron a hablar sobre la posibilidad de que algún marciano o alienígena pudiera ver su Gran Muralla de Cajas de Cereal cuando estuviera terminada.

—La «verdadera» Gran Muralla mide más de dos mil millas —dijo Webster.

—Nos quedan todavía mil millas por recorrer —dijo Sofía.

Webster se levantó. Su brazo estaba pegado al de Sofía. El zapato de Sofía, a la hierba. Y la camiseta de Stink, a la manga de Webster.

—¡Uy! —exclamó Sofía—. Estamos pegados.

—No se preocupen —dijo Stink—. Los amigos deben mantenerse unidos.

Cuando por fin consiguieron despegarse, Stink miró la Gran Muralla. No podía creer lo que veía. La Gran Muralla se movía. La Gran Muralla temblaba.

La Gran Muralla se estremecía.

—¡Miren! —dijo señalándola.

—¿Por qué se mueve? —preguntó Webster.

—Quizá por el viento —sugirió Sofía.

—¿Acaso el viento hace "cuy, cuy, cuy, cuy, cuy"? —preguntó Stink.

Los tres oyeron entonces el chillido. "Cuy, cuy, cuy, cuy, cuy..."

—¡Suena otra vez! —dijo Stink—. ¡Hay algo dentro de la Gran Muralla!

—Suena como un pajarito —dijo Sofía.

—O como una horrible rata —añadió Webster.

Stink y sus amigos se agacharon en cuatro patas y empezaron a gatear por la hierba. Stink miró dentro de una caja de cereal Rosquitas del Humor que estaba al final. Una bola peluda con ojos de color marrón oscuro, una húmeda nariz rosa y tiesos bigotes, le devolvió la mirada.

—Lo único que hay aquí es... un cobaya —dijo Stink.

—¡Aquí hay un conejillo de Indias!
—precisó Sofía.

—Son lo mismo. Se llaman de las dos maneras —intervino Webster—. Yo encontré otro, así que ya tenemos tres.

Los peludos datos de Stink

El pequeño roedor fue al mercado

UN COMEDIANTE "HUESO" NO ES UN HUESO

JA JA JA

UN PERRITO DE LAS PRADERAS NO ES UN PERRO, ES UN ROEDOR

UN CONEJILLO DE INDIAS, NO ES UN CONEJO, ES UN ROEDOR PEQUEÑO.

A DIFERENCIA DE LAS RATAS Y LOS RATONES, LOS CONEJILLOS DE INDIAS NACEN CUBIERTOS DE PELO, CON LOS OJOS ABIERTOS Y UNOS PIES REALMENTE **MUY** GRANDES.

CieNto
NiNgUNO

Sofía levantó un cobaya tricolor que parecía llevar una peluca.

—¡Fiesta de conejillos de Indias! —dijo.

—Un cobaya bicolor —dijo Webster, colocando un cobaya blanco y negro en su regazo.

—¡La Gran Muralla de los Cobayas! —dijo Stink, mostrando una pequeña bola peluda de ojos azules y pelo erizado.

—¿Desde cuándo tienes tres conejillos de Indias? —le preguntó Sofía a Webster.

—¿Y por qué no nos lo habías dicho? —preguntó Stink.

—No son míos, y nunca los había visto antes. No sé de dónde salieron.

—Si estuviéramos en mi casa —dijo Stink—, pensaría que mi hermana Judy otra vez está criando cobayas. Un día puso pelos de cobaya en el microondas para ver si se multiplicaban.

—A lo mejor se escaparon del circo —supuso Webster.

—A lo mejor se le escaparon a un científico —sugirió Sofía.

—A lo mejor vienen del espacio y son cobayas del planeta Chillón —añadió Stink.

—A mí me parecen cobayas normales de la Tierra —opinó Webster.

Entró a su casa para buscar una manzana y un poco de brócoli. Los hambrientos cobayas se comieron la manzana en un santiamén.

—Coman también brócoli —les dijo Webster—, así no tendré que comérmelo yo.

—Voy a llamar al mío "Astro" —dijo Stink.

—Yo llamaré al mío "Oreo" —dijo Webster.

—No podemos quedarnos con ellos —dijo Sofía—. Seguro que son de alguien.

—Bueno, el que lo encuentra primero se queda con ello —dijo Webster.

—Sí, pero no sabemos si tienen dueño. Eso no es honrado —dijo Sofía.

—Vamos a llevarlos a Pelos y Plumas —propuso Stink—. Seguro que la señorita Trino sabrá lo que tenemos que hacer.

Webster y Sofía pusieron sus conejillos de Indias en una caja de zapatos a la que le hicieron agujeros. Stink llevó a Astro en su propia caja de zapatos.

Cuando llegaron a Pelos y Plumas, Stink no podía creer lo que veían sus ojos. Ni lo que escuchaban sus oídos.

Jaulas volcadas se amontonaban por todas partes. Unos cachorros gemían, unos loros parloteaban. Unos conejos corrían en círculo. Y un montón de cobayas chillaban y corrían sueltos por el suelo de la tienda.

—¡No se queden ahí mirando! —les dijo la señorita Trino—. ¡Ayúdenme a atraparlos!

—¡Que comience la Gran Cacería de Cobayas! —proclamó Stink. Él, Sofía y Webster se tiraron al suelo en cuatro patas y empezaron a perseguir a los animalitos, ofreciéndoles perejil para animarlos a meterse en sus jaulas.

—¡Encontraremos a todas estas bolas peludas aunque tengamos que

seguirlas buscando hasta Navidad!
—dijo Webster.

Cuando todas las jaulas estuvieron en su sitio y todos los conejillos de Indias dentro y a salvo, Stink le contó a la señorita Trino que habían encontrado tres cobayas en casa de Webster.

—Deben de haberse escapado de aquí —añadió.

—No me extraña —dijo la señorita Trino—. Los cerrojos de las jaulas estaban rotos y han estado toda la mañana corriendo como locos. Ayúdenme a contarlos, por favor.

—...noventa y nueve, cien, ciento uno —contó Stink.

—¡Están todos! —exclamó la señorita

Trino—. Incluidos los tres que se fueron a visitar la Gran Muralla.

—¿Los está reuniendo para hacer un mercado de conejillos de Indias? —preguntó Sofía.

—¡Oh, no! —dijo la señorita Trino—. Hablaron de estos animalitos ayer en las noticias. Un laboratorio los iba a utilizar en unas pruebas de champú y perfumes. Estaban medio muertos de hambre, metidos de veinte o más en cada jaula, y viviendo sobre sus propios excrementos —se tapó la nariz con dos dedos—. Asqueroso.

—¡Aggg! —hizo Webster—. ¡Qué terrible!

—No pude soportar la idea de imaginar a los pobres animalitos sin un refugio —dijo la señorita Trino—. Si no los

adopta alguien pronto, habrá que ma-
tarlos. Así que me fui a hablar con los de
la Sociedad Protectora de Animales y me
traje a los 101 cobayas. ¡En qué estaría
yo pensando!

—Oiga, usted es como una "súper he-
roína" de cobayas —dijo Webster.

—Una Gran Rescatadora de Conejillos
de Indias —dijo Stink.

—Me gustaría deshacerme de algunos
de estos cobayas. Una cosa es salvarlos.
Otra muy distinta, encontrarles buenas
casas con gente que los cuide bien.

—La señorita Trino se quitó una paji-
ta del pelo.

—Nosotros la ayudaremos —propuso
Stink.

—Podemos recorrer las casas del barrio —dijo Webster.

—¡Ding-dong! Se ofrecen conejillos de Indias —canturreó Sofía de los Elfos.

—Me parece estupendo —dijo la señorita Trino—. Por el momento tendré que dejarlos en la vieja camioneta que está allí detrás. Aquí no tengo sitio para ellos, y Mona Lisa, la corneja, los vuelve locos imitando sus chillidos.

—¡Cuy, cuy, cuy, cuy, cuy...! —chilló Mona Lisa.

—¡Cuy, cuy, cuy, cuy, cuy...! —le contestaron los cobayas.

☙ ☙ ☙

En cuanto Stink llegó a casa, le habló a Judy de los 101 cobayas.

—¿Cuántos crees que mamá y papá nos dejarían tener?

—Cero —contestó Judy—. Como ciento ninguno.

—¿Ni uno siquiera? —preguntó Stink—. Hay uno con los ojos azules y el pelo negro y tieso que...

—¿Qué te pasa? ¿Te olvidaste de Mouse? —le recordó Judy—. ¿Crees de verdad que a un conejillo de Indias le gustaría vivir con un gato?

Stink prefirió no escucharla y se fue a buscar a su mamá.

—¿Un cobaya? —dijo su mamá—. Ya tenemos en casa un animal peludo.

Stink lo intentó con papá.

—¿Un cobaya? ¿Qué les pasa a los chicos con los cobayas? —dijo Papá—. Además, ya tienes a Sapito.

—¿Alguna vez has abrazado a un sapo, Papá? —preguntó Stink.

Pero no le sirvió de nada. Astro era definitivamente Astro-NO-NO.

Los peludos datos de Stink

EL COBAYA VAN WINKLE

LA MAYOR PARTE DE LOS CONEJOS DE INDIAS VIVE DE CUATRO A OCHO AÑOS. EL MÁS ANCIANO FUE **BOLA DE NIEVE.**

Domicilio del Cobaya más viejo.

NOTTINGHAMSHIRE, INGLATERRA.

¡VIVIÓ HASTA LOS 14 AÑOS Y 10 MESES!

¡14 años! ¡Eso es un cobaya adolescente!

¡Te echaremos de menos, Bola de Nieve!

FEB 1979

¡Toc, toc! ¿Quién es?

Stink y sus amigos llamaron a la puerta de todas las casas del barrio de Webster.

—¿Le gustaría adoptar un cobaya? —preguntó Stink en una de las casas, mostrando una caja llena de inquietos conejillos de Indias.

—No, gracias. Ya tenemos un perro.

Llamaron a otra puerta.

—¡Mire qué graciosos son! —dijo Sofía levantando uno de ellos.

—De verdad que son muy graciosos —dijo Webster.

—Mi hijo padece alergia. Los animales con pelo lo hacen estornudar.

Llamaron a otra puerta.

—Vuelvan cuando vendan galletas de las niñas scouts.

Y llamaron a otra.

—¿Quién es? —preguntó una señora.

—Un conejillo de Indias —contestó Stink.

—No puedo tener conejos en casa —dijo la señora.

—No es un conejo en realidad; es un cobaya con pelo, como un hámster.

—Los conejillos de Indias son roedores —explicó Stink mostrándole uno—. El animalito se retorció, se escurrió hasta escaparse de la mano de Stink, y cayó en el suelo de la casa de la señora.

—¡Un roedor! ¡Llévense a esa rata fuera de mi casa! —la señora persiguió al cobaya por toda la habitación con una escoba. Consiguió que saliera por la puerta y Stink lo recogió.

—¡Uf! Estuviste a punto de llevarte un buen escobazo —le dijo Stink al conejillo.

En la casa siguiente, Stink saludó:

—Hola. Soy Stink Moody, y...

—¿Dijiste que eres un Moody? —señaló el señor mayor que abrió la puerta—.

Leí en el periódico algo sobre ti. ¿No eres tú el que tiene un gato que hace tostadas?

—Ésa es mi hermana —dijo Stink.

—¿Estas bolitas peludas saben hacer tostadas también? Me gustaría verlo.

—No. Creo que no saben —reconoció Stink.

—No saben, ¿eh? Bueno, pues gracias de todos modos —dijo el hombre, moviendo negativamente la cabeza.

—Vamos a probar en esos departamentos —dijo Webster—. Y tocó el timbre del primer piso.

—Conejillos de Indias, ¿eh? ¿No tienes más? Me quedaré con cincuenta —dijo el hombre que abrió la puerta. No llevaba camisa y tenía tatuada en un brazo una cobra azul.

—¿De verdad? ¿Quiere usted todos esos? ¡Es fantástico! ¿Está usted seguro? —preguntó Stink.

—¡Estoy seguro, segurísimo! —dijo el hombre sonriendo por debajo de su peludo bigote.

Justo en ese momento, Sofía hizo un gesto a sus amigos y les señaló una camioneta estacionada junto al parque. En el lateral se leía: «SERPIENTES ESCAMOSAS. SAM, EL HOMBRE DE LAS SERPIENTES. SERPIENTES DE TODOS LOS TAMAÑOS PARA LAS CLASES O LAS FIESTAS».

—¡Eh, oiga, un minuto! —dijo Webster—. Usted es el hombre que fue a la escuela para hablarnos de...

—¡Serpientes! —dijo Stink—. Y de sus costumbres y de lo que comían. ¡Um! perdone, señor, pero tenemos que irnos.

—Sí, creo que, a lo mejor, hay fuego en mi casa —dijo Webster olisqueando el aire.

—De la que nos libramos —dijo Sofía mientras se alejaban de la casa.

—Ese tipo es escamoso —dijo Webster.

—Más bien escabroso —dijo Sofía—. Se debería llamar El Hombre de las Serpientes Tenebrosas, no escamosas como dice el letrero de su camioneta —Stink y Webster se echaron a reír.

Los tres amigos se sentaron en la acera.

—Tocamos en cincuenta millones de puertas y no hemos encontrado una buena casa, ni siquiera para una de estas bolitas peludas —dijo Sofía.

—Vamos a pensar —propuso Stink—. ¿Dónde podríamos encontrar a mucha gente junta?

—¡En la iglesia! —dijo Webster.

—Los cobayas no pueden ir a la iglesia —dijo Stink—. Me refiero a un sitio adonde vaya la gente a la que le gustan los animales.

Webster chascó los dedos.

—¡Ya sé! ¡El cementerio de animales!

—Animales vivos, Webster. Queremos que la gente se alegre, no que se ponga triste.

—¿Y el parque? La gente lleva sus perros a pasear al parque. Les gustan los animales.

—Sí, y a los perros les encantan los cobayas. Muy pronto todos los cobayas estarían en el cementerio de animales.

Stink pensó y pensó. Por fin dijo:

—Chicos, vamos a organizar la Operación Cobaya.

—¿La qué...? —preguntó Sofía.

—¿La qué...? —preguntó Webster.

Los peludos datos de Stink

¡UMMM, UMMM! ¡QUÉ RICO!

DESDE HACE MÁS DE 10000 AÑOS, LOS NATIVOS DE AMÉRICA DEL SUR COMEN COBAYAS.

EN LOS ANDES, LOS CONEJILLOS DE INDIAS SE LLAMAN CUY, POR EL SONIDO QUE EMITEN.

¡CUY CUY!

YYYYOOOOW!

EN LOS ANDES DE BOLIVIA Y PERÚ, LOS COBAYAS SON UN PLATO MUY APRECIADO.

Menú
Pastel de cuy
Costillas de cuy
Cuy asado
Helado de cuy

¿ALGUIEN HA VISTO A ASTRO?

¡LA COMIDA ESTÁ LISTA!

CAFÉ

CADA AÑO SE CONSUMEN MÁS DE 70 MILLONES DE CONEJILLOS DE INDIAS.

CHILLONES
SOBRE
RUEDAS

El sábado por la mañana, Judy preguntó:

—Stink, ¿adónde vas?

—Para tu información, tengo un trabajo.

—¿Un trabajo? ¡Empanada de ronquidos con salsa de bostezos! —se burló Judy.

—Para que estés mejor informada, mi trabajo NO ES NADA ABURRIDO.

—¿Es oloroso? ¿Conseguiste un trabajo de olfatear con esa nariz tuya tan sensible?

—Para que te sigas informando, es un trabajo un poco oloroso. Es en Pelos y Plumas, en el departamento de C.I.

—¿Departamento de Cosas Inservibles?

—Para que sigas bien informada te diré que es el departamento de Conejillos de Indias.

—¿Y por qué vas tan verde?

—Para continuar informándote te diré que voy de verde porque es el color que prefieren los cobayas.

—Para que continúe muy bien informada, dime. ¿Cuánto te pagan?

—Nada —dijo Stink.

—¡No me digas que mi hermanito Stink «Gana-Dinero» Moody hace un trabajo maloliente en la tienda de animales por nada! ¿Por qué lo haces, entonces?

—Porque me divierte —dijo Stink—. La señorita Trino tiene una vieja camioneta en la parte trasera de Pelos y Plumas.

Webster, Sofía y yo vamos a ayudar a arreglarla y la convertiremos en un albergue sobre ruedas para cobayas.

—¿Como el bibliobús de la biblioteca? —preguntó Judy.

—Sipi, sólo que va a ser un cobayabús. Lo vamos a estacionar frente al centro comercial por donde pasa toneladas de gente y vamos a convencerlos de que adopten un conejillo de Indias. Bueno, a Astro no.

—¡Que qué! —dijo Judy—. ¡Un mini zoológico de cobayas!

—¡El Gran Expreso del Cobaya! —corrigió Stink.

ೋ ೋ ೋ

Stink se reunió con Webster y Sofía en Pelos y Plumas.

—Traje cuerdas elásticas —dijo Webster.

—Yo traje cinta agresiva —dijo Sofía.

—Y yo, cubos, esponjas y una súper provisión para tres semanas de rompemuelas por si nos da hambre —dijo Stink.

Detrás de la tienda, descargaron todas las jaulas con cobayas.

Luego, enjabonaron la vieja camioneta y la fregaron de arriba a abajo, por dentro y por fuera.

—¡Lavado de autos! —gritó Webster mientras le lanzaba un chorro de agua a Sofía con la manguera.

—¡No me mojes las gafas! —pidió Sofía.

—¡Necesitas limpiaparabrisas! —añadió Stink.

Dentro de la camioneta, Sofía llenó los armarios con víveres. Webster llenó las jaulas con agujas de pino y hierba seca. Stink llenó los cubos de basura de comida para cobayas en bolitas.

Forraron cada jaula con agujas de pino. Les pusieron bandejas con comida y botellas de agua con un tubito para que chuparan. Stink recogió piedras para que pudieran trepar, mientras Sofía y Webster construían pequeños escondites.

La señorita Trino ayudó a amontonar jaulas junto a uno de los laterales de la camioneta. Había algunas sobre la mesa y en el fregadero. Dos debajo de la mesa y tres en la estantería. Hasta había una pila en la ducha.

Cuando todas estuvieron acomodadas y bien sujetas, los chicos se dejaron caer en la cabina del conductor cansados y hambrientos. Stink sacó un puñado de rompemuelas.

—No puedo creer que hayamos acomodado treinta y tres jaulas aquí dentro —dijo Stink.

—Es un palacio rodante para conejillos de Indias —dijo Sofía.

—Un desfile de cobayas —añadió Webster.

—¡Se puede llamar "Chillones sobre ruedas"!

ॐ ॐ ॐ

El sábado siguiente, los tres amigos pintaron la camioneta. Sofía dibujó soles y arco iris, y conejillos de Indias montados en unicornios. Webster pintó lunas, planetas y cobayas montados en cohetes.

Encima de los faros delanteros de la camioneta, Stink pintó ojos, inmensos ojos azules de cobaya como los de Astro. Y una nariz rosa y bigotes y un mechón de pelo encima de la nariz.

—¡Genial! —admiró Webster.

—¡Hiper guau! —exclamó Sofía.

Los chicos escribieron «CHILLONES SOBRE RUEDAS» en el frente de la camioneta. En la parte de atrás, sobre el parachoques, había una gran calcomanía que decía: «VIRGINIA ES PARA LOS AMANTES». Stink la modificó para que dijera: «VIRGINIA ES PARA LOS AMANTES DE LOS COBAYAS».

—Ya está —dijo Sofía.

—¡Buuf...! —exclamó Webster.

—Perfecto —dijo la señorita Trino.

Saltarín, Calabaza, Copito de nieve, Capitán Garfio, Manchitas, Gordito, Flaquito, Rapunzel, Manchotas, Ricitos de Oro, Blanco y negro, Algodón, John, Paul, George, Ringo, Medianoche, Mimí, Blanquito, Mora, Pelopunta, Puercoespín, Pepinillo, Isa, Espumita, Bola de nie-

ve, Lunares, Bigotes, Pixie, Dixie, el Botas, Violeta, Miss Peggy, Grandulón... Le pusieron nombre a los 101 cobayas y los metieron en las jaulas: 16 jaulas para los chicos y 17 para las chicas. Cada jaula llevaba los nombres de los que iban dentro para que no hubiera confusiones.

Enseguida, los 101 cobayas chuparon de sus botellas de agua, hicieron retemblar las puertas de sus jaulas, se persiguieron jugando al escondite y la pasaron en grande.

Los peludos datos de Stink

¿DALTÓNICOS? ¿CIEGOS?

LOS COBAYAS SÍ VEN **COLORES**.

¡LES ENCANTA EL **VERDE**!

¡GUAU!

PUEDEN VER COLORES COMO EL ROJO, EL AMARILLO, EL AZUL Y ¡EL VERDE!

EL PREGONERO

DE COBAYAS

¡**B**eep, beep, beep, beep, beep...! La señorita Trino conducía como loca por el estacionamiento, tocando el claxon para llamar la atención de la gente. Después se estacionó a la sombra de un enorme árbol junto a una cafetería llena de gente.

—¡Saluden ustedes a los Chillones sobre ruedas! —voceó la señorita Trino.

—¡Señoras y señores, niños y niñas, acérquense a la Gran Fiesta de Entrega de Cobayas! ¡Son gratis! —pregonó Stink—. ¡Adopten un conejillo de Indias! ¡O dos! ¡O tres! ¿Qué les parecería llevarse cuatro preciosas bolitas de pelo?

—Espero que los 101 cobayas sean adoptados pronto —dijo Webster.

—Menos tú, Astro —le susurró Stink a su cobaya preferido.

Chicos y padres rodearon la camioneta.

—¿Quién quiere acariciar a un cobaya? —preguntó Stink.

—¡Yo! ¡Yo! ¡Yo! —gritaron los chicos.

—Bueno, ahí va la primera regla en el trato con cobayas: no los agarren por la piel del cuello —dijo Stink—. Se asustan. Sosténganlos por abajo, así.

—Cepillen a su conejillo de Indias todos los días —dijo Sofía.

—Y denles de comer frutas maduras y verduras —dijo Webster—. Ya saben: perejil, tomates y esas cosas.

—¡Se inicia la batalla! ¡A ver quién llega primero! —exclamó Stink al ver al Botas y a Oreo lanzarse sobre un puñado de perejil que Webster había echado en su jaula.

Dos niñas con cola de caballo y cintas idénticas en la cabeza, preguntaron:

—¿Tienen dos cobayas mellizos? Nos gusta tener a las dos lo mismo.

—¡Tenemos a Pixie y a Dixie! —Sofía se los enseñó: dos conejillos de color marrón y blanco con orejas curvadas. Pixie y Dixie movieron sus regordetes traseros.

—Parece que llevaran tutús —dijo una de las mellizas.

—¡Nos los llevamos! —dijo la otra.

—¡Ya sólo quedan noventa y nueve! —dijo Sofía.

Una señora alta con el cabello blanco y negro, y zapatos colorados eligió un cobaya blanco y negro con una cresta de pelo.

—Esa señora es igual a Cruela de Vil —dijo Stink.

—Y el cobaya que eligió es igual a ella —comentó Webster.

—Por lo menos no lleva abrigo de piel —observó Sofía.

—¡Llévense a casa un cobaya! —gritaba Stink—. ¡O dos, o tres! Los cobayas son más felices si tienen un amigo.

—Nos llevaremos cinco —dijo Parker, un chico que Stink conocía de la escuela Virginia Dare. Lo acompañaba su hermano pequeño, Cody.

—¡Escojan! —dijo Stink, agarrando los que ellos iban señalando. Eligieron a Saltarín, Mora, Pelopunta y Bigotes.

¡Y a Astro!

—Lo siento. A ése no se lo pueden llevar —dijo Stink.

—¿Por qué no? —quiso saber Parker.

—Porque no —dijo Stink.

—¿Es tuyo?

—Bueno, no exactamente —dijo Stink.

—Entonces, ¿de quién es?

—De nadie, pero... Mira, hay noventa y nueve millones de cobayas ahí.

Medianoche tiene una mancha negra sobre un ojo, parece un pirata. Peluche tiene toneladas de pelo. Y Bola de nieve es súper simpático.

Cody empezó a llorar. Quería a Astro y sólo a Astro. Stink no estaba dispuesto ceder a Astro de ninguna manera, pero sabía que llegaría el momento en que no tendría más remedio que hacerlo, y no quería perder la ocasión de librarse de CINCO cobayas a la vez. Así que suspiró hondo:

—Vas a estar muy bien, chico —le dijo bajito a Astro a la oreja—. Iré a verte, te lo prometo —y se lo dio al chico.

Durante toda la tarde, la gente entró y salió de Chillones sobre ruedas, haciendo preguntas, mirando en las jaulas para ver a los cobayas correr, esconderse, comer, jugar y dormir la siesta. Hacia el final de la tarde el Gran Expreso del Cobaya había encontrado un nuevo hogar para diecisiete conejillos.

Stink estaba triste por Astro, pero se sentía orgulloso de pensar que habían

encontrado tantas buenas familias que habían adoptado y cuidarían a tantos cobayas.

—¡Buen trabajo! —les dijo la señorita Trino.

—¡Toc, toc! ¿Está el Gran Expreso del Cobaya abierto todavía? Traje dos nuevos clientes —dijo Judy—. Rocky y Frank.

—Los dos queremos adoptar un cobaya —dijo Rocky. Stink les pasó unos cobayas a los amigos de Judy.

—¡Oye, éste no tiene cola! —dijo Rocky.

—Los conejillos de Indias no tienen cola —explicó Stink.

—El mío se parece a Chewbacca, el de *La guerra de las galaxias* —dijo Frank Pearl.

—Les llaman sedosos —dijo Stink—,
son muy peludos.

—Parece una alfombrita —dijo Judy.

—¡Hola, Chewy! —dijo Frank, acari-
ciando al animalito.

"¡Cuy, cuy, cuy, cuy, cuy!"

—Éste sí que es chillón —dijo Rocky.

—Eso quiere decir que tiene hambre —apuntó Stink.

—Oye, Stink, ¿desde cuándo entiendes la lengua cobaya? —preguntó Judy—. Es como si fueras el intérprete oficial de los cobayas, o algo así.

—Sí, soy algo así —dijo Stink—. Si tu cobaya hace "¡Arr, arr, arr!" y ladra como una foca, es que se siente solo. Y cuando ronronea es que...

—¿A tu conejillo se lo comió un gato? —preguntó Judy.

—¡No, nada de eso! Sólo quiere decir que siente curiosidad. Si hace "¡Taríp, taríp!", como una trompetita, quiere decir que está contento. "¡Rrrrrrrrrr...!", Stink rugió como el motor de un auto.

—Y eso, ¿qué quiere decir?

—Que tu cobaya está de muy buen humor —dijo Stink—. Significa "¡Bien, bien, viva!".

¡SNAP, CRAC, PALOMITAS DE MAÍZ!

¡LÁRGATE, CONEJO DE PASCUA!

PALOMITAS

CUANDO UN CONEJILLO DE INDIAS ESTÁ EMOCIONADO, SALTA ARRIBA Y ABAJO COMO UN CONEJO. ESTA DIVERTIDA REACCIÓN SE LLAMA ¡PALOMITIAR!

Y ENTONCES, ALLÍ ESTABAN LOS CINCO

¡**D**iecinueve cobayas! Aquel fin de semana, Stink estaba más contento que unos cascabeles por lo bien que iba el reparto de los conejillos de Indias.

La alegría le duró exactamente hasta el lunes por la mañana. Parker lo detuvo en el pasillo de la escuela.

—Oye, tenemos que devolverte los cobayas —dijo—. Pelopunta y Saltarín rompieron el sofá nuevo. Mora se hizo un nido con el pelo de la muñeca de mi hermana. Y Bigotes se comió una bolsa entera de caramelos blandos y se hizo, ya sabes que, en los zapatos de mi mamá.

Stink se echó a reír sin poderse contener:

—¿Y Astro?

—Astro se encaramó en la computadora de mi papá, caminó sobre las teclas y le mandó un e-mail equivocado a su jefe.

—¡Buen chico! —exclamó Stink—. Quiero decir: ¡Qué desastre! Bueno, lo que tienes que hacer es devolvérselos a la señorita Trino.

—¿No se los podrías llevar tú? A mi mamá le dará un soponcio si me los llevo a casa otra vez.

Stink le echó una ojeada a las cinco inquietas bolitas de pelo. Astro lo miró y soltó un chillidito trompetero. El corazón de Stink se derritió.

—A mi mamá le dará un soponcio también —dijo Stink—. No te preocupes.

Yo los devolveré.

Parker le pasó la caja de cartón.

—¡Astro! —le murmuró Stink a su peludo amigo—. ¡Has vuelto!

Los cinco cobayas durmieron durante toda la clase de historia, la pasaron en grande en el recreo y armaron gran revuelo a base de empujones y chillidos mientras la maestra Dempster leía la emocionante aventura de "El ratón y la motocicleta".

Camino a casa, Stink le contó a Judy lo que había pasado.

—¿Crees que si yo se lo pido súper mega educadamente a papá y a mamá, me dejarán quedarme con Astro?

—Sí —le contestó Judy—, cuando los cobayas vuelen.

—¡Qué graciosa! Oye, te estoy hablando en serio. Dejé que se llevaran a Astro y me lo regresaron. Es una señal.

—Una señal de que estás loco si crees que te vas a quedar con él.

Cuando Stink llegó a casa, corrió a su cuarto antes de que su madre pudiera verlo y escondió la caja debajo de su cama. Quizá podría tenerla allí guardada durante unos días. Seguramente no sería difícil ocultar cinco bolitas de pelo.

Bajó deprisa a la cocina y amontonó en un plato unas hojas de lechuga, una pequeña zanahoria, una fresa y un trozo de melón:

—¡Muy bien, Stink! —dijo su mamá—. Ya era hora de que te aficionaras a la comida saludable, en vez de a todos esos rompemuelas.

—Uh, uh —gritó Stink, y corrió escaleras arriba hacia su cuarto.

Judy se cruzó con él en el corredor.

—Stink, yo en tu lugar, no entraría ahí —le dijo, bloqueando la puerta.

—¿Por qué? —preguntó Stink, empujándola para entrar en su cuarto.

—Tus calzoncillos, Stink, ¡están vivos!

Stink le dio un nuevo empujón y entró. Su hermana entró detrás de él.

Unos calzoncillos cruzaron disparados la habitación, subieron y bajaron de la cama y dieron una vuelta alrededor de las patas de la mesa.

—¡Calzoncillos mágicos! —se desternilló de risa Judy. Y dio un salto para apartarse.

—¡Nos atacan prendas interiores mutantes! —gritó Stink persiguiendo sus calzoncillos por toda la habitación—. ¡Socorro!

Judy ayudó a Stink a arrinconar sus calzoncillos detrás de la papelera. Stink saltó sobre ellos.

—¡Ya te tengo!— y apareció la cabeza de Astro por la abertura de una pierna.

—¡Mira, mira aquí! —dijo Judy. Otros cuatro cobayas asomaban por el cajón inferior de la cómoda de Stink—. ¡Es la Hermandad de los Calzoncillos Viajeros!

—Chicos, me van a poner en aprietos —dijo Stink, metiendo a los cobayas de nuevo en la caja de cartón—. Quédense aquí, ¿me oyes, Astro?

—Quiero irme de aquí —dijo Judy, imitando el agudo sonido de los chillidos de Astro—. Aquí huele muy mal.

—Muy graciosa —refunfuñó Stink.

—Oye, Stink, tú eres el que entiende a los conejillos, ¿no? No era yo la que hablaba, era Astro.

—¿Ah, sí? ¿Y qué está diciendo ahora?

Judy acercó su oreja a la caja.

—Está diciendo: "¡Socorro! ¡Que alguien me saque de aquí! ¡Tengo un ataque de claustrofobia cobayil!".

Los peludos datos de Stink

EL SALÓN de La Fama de LOS Cobayas

¿SABÍAS QUE...

LA REINA ISABEL I DE INGLATERRA TENÍA UN COBAYA?

TEDDY ROOSEVELT TENÍA 5 COBAYAS EN LA CASA BLANCA ¡TODOS TENÍAN NOMBRES DE PERSONAS CONOCIDAS!

UNA VEZ, UNO DE SUS HIJOS INTERRUMPIÓ UNA REUNIÓN GRITANDO...

¡PAPÁ, VEN PRONTO! ¡EL OBISPO DOANE ACABA DE TENER BEBÉS!

¡RUMBO A VIRGINIA BEACH!

Después del ataque de las prendas interiores mutantes, Stink se llevó a los cinco cobayas a Pelos y Plumas, y le contó la historia a la señorita Trino.

—Ciento un conejillos menos diecinueve, que fueron adoptados, más los cinco que nos regresaron, suman ochenta y siete conejillos —calculó Stink—. Tiene usted más pelos que plumas.

La señorita Trino se rió.

—Bueno, pero tengo una buena noticia. Una amiga mía que vive en Virginia

Beach abrió un refugio para salvar cobayas. Me dice que puede recibir a veinte si se los llevo hasta allá.

—¡En Virginia Beach! ¡Yo se los llevo!

—¡Tú eres muy pequeño, no puedes conducir!

—¡Pero usted sí puede! —dijo Stink—. Webster, Sofía y yo podemos encontrar por el camino a gente que adopte cobayas.

—¡Espera un momento! —dijo la señorita Trino—. ¿Estás diciendo que quieres que lleve esa vieja camioneta con 101 cobayas chillones hasta Virginia Beach?

—Sólo ochenta y siete —dijo Stink.

—¡Es una gran idea! —dijo la señorita Trino.

¡Rumbo a Virginia Beach!

❧ ❧ ❧

El día del viaje, la señorita Trino les enseñó a los chicos un mapa.

—Vamos a elegir entre todos estos lugares para parar en aquellos en los que quizá podamos encontrar hogares para los conejillos de Indias.

La señorita Trino señaló el castillo de Bull Run. Webster eligió el Zoológico de Reston. Sofía prefirió las fuentes de sirenas de Norfolk. Y Stink eligió Smithfield, el lugar en el que se encuentra el jamón más grande del mundo.

—Bueno, llevemos de paseo a toda esta gentecita —dijo la señorita Trino. Y todos se amontonaron en la camioneta. Sin embargo, Violeta no quiso quedarse en su jaula. Medianoche se escondió debajo del asiento del conductor. Y Miss Peggy se comió media bolsa de palomitas antes de que la camioneta arrancara.

Iba a ser un viaje estupendo. Los chicos empezaron a cantar a grito pelado:

Acelere chofer,
acelere, si usted quiere,
que llevamos ochenta cobayas
por los pueblos y las playas
para buscar acercarles
a una vida mejor.

La primera parada fue en el castillo Bull Run.

—Se construyó hace tiempo para ser la casa de alguien —dijo la señorita

Trino—, pero ahora es un museo. Y la gente puede alquilarlo para fiestas o reuniones.

—¡Miren! —exclamó Stink—. ¡Hay un montón de chicos disfrazados de brujas y magos!

Seis chicos que estaban en una fiesta a lo Harry Potter hablaron con sus padres para que los dejaran quedarse con conejillos de Indias.

☙ ☙ ☙

Siguiente parada: Zoológico Reston.

En el recinto del elefante, Stink vio el animal más sorprendente. ¡Más que un elefante! ¡El cobaya más grande del mundo!

—El cartel dice que es un capibara —explicó la señorita Trino—. Procede de América del Sur, como los conejillos de

Indias. Es el roedor vivo más grande. Los científicos encontraron el esqueleto de un pariente suyo de hace ocho millones de años. ¡Aquella "rata gigante" pesaba cerca de mil quinientas libras!

—*Cobayus giganticus* —dijo Stink, inventándose un nombre científico.

Cuando volvieron a Chillones sobre ruedas, había gente mirando a los cobayas a través de las ventanillas de la camioneta.

—¡Elijan aquí su cobaya preferido! —ofrecieron Stink y sus compañeros. En unos minutos, Chillones sobre ruedas se hizo un poco menos chillón.

❦ ❦ ❦

Stink estudió el mapa.

—Próxima parada... el jamón más grande del mundo.

Después de cruzar el puente sobre el río James, se dirigieron hacia Smithfield, Virginia —la Ciudad de los Cerdos.

—¡Ahí está! —señaló Stink—. El Museo del Jamón.

En el museo, dentro de una vitrina de cristal, vieron un pedazo de algo arrugado y cubierto de moho verde.

—¡Qué asco! —dijo Sofía—. Parece una cabeza reducida.

—¡Doblemente asqueroso! —dijo Webster—. Parece un pedazo de caca gigante. A lo mejor nos metimos por equivocación en el Museo de la Caca.

—No lo entiendo —dijo Stink—. El cartel dice que tiene más de cien años. ¿Ven? ¡Ya sé! Dice que es el jamón más viejo del mundo, no el más grande.

—¿Dice el cartel que da un poco de asco? —dijo Webster.

Media hora después salieron del Museo del Jamón.

—No hemos podido regalar ningún cobaya —dijo Sofía.

—No, y mejor así. ¿Qué tal si se les ocurriera hacer jamón de cobaya? —dijo Stink.

☙ ☙ ☙

Pasaron puentes, cruzaron ríos y atravesaron un oscuro túnel, hasta que la señorita Trino se paró junto a una gran fuente en medio de Norfolk. Dejaron que Calabaza, Espumita, Escarlata, el capitán Garfio, Manchitas, Molón, Saltarín, Pinky, Mimi y Grandulón chapotearan en la fuente. Y también Astro.

—¡El agua está llena de espuma! —observó Webster—. Alguien echo jabón en la fuente.

—¡Qué bien! —dijo Sofía—. Podemos darles a los conejillos un buen baño de espuma.

Webster, Stink y Sofía, lavaron, secaron y peinaron a los once cobayas.

—¡Recoja su chillón y limpísimo conejillo de Indias aquí! —pregonaron. Y diez de los más limpios cobayas del mundo encontraron un nuevo hogar.

Yo tenía sesenta y nueve cobayas,
diez se fueron a comer bayas,
no me quedan mas que...
¡cincuenta y nueve!

Los peludos datos de Stink

¿UNA RATA OBESA?

¿QUIÉN SE REVUELCA EN EL BARRO Y PARECE UN HIPOPÓTAMO...?

BAÑO DE BARRO

...ES TAN GRANDE COMO STINK...

...TIENE PIES PALMEADOS, LE GUSTA COMER CORTEZA...

(¡NO, NO ES MI HERMANA!)

...SABE SILBAR Y PUEDE DORMIR **DEBAJO DEL AGUA?**

¿ES UN PATO?   ¿UN CERDO?

¿UN HIPOPÓTAMO?

¡NO! ES EL ROEDOR MÁS GRANDE DEL MUNDO, PRIMO DE LOS COBAYAS...

(¡OYE, PRIMO!)

EL CAPIBARA

ESTE PEQUEÑO COBAYA

Recorrieron unas diecisiete millas más y, por fin, llegaron a Virginia Beach. Un enorme letrero decía:

—¿Qué es Monte Trashmore? ¿Es un monte de verdad? —preguntó Webster.

—¿Es un parque? —preguntó Sofía.

—¿Es muy alto? —quiso saber Stink. Y bajó la ventanilla para mirar.

—Monte Trashmore era un enorme basurero —explicó la señorita Trino—. Luego, lo cubrieron con capas y capas de tierra y lo convirtieron en una colina o monte pequeño. Ahora es un parque.

—¡Guau! ¡Un parque encima de un montón de basura! —comentó Stink.

En Monte Trashmore había chicos y familias pescando, echando comida a los patos, volando cometas y haciendo carreras por el agua con barcos dirigidos desde la orilla por control remoto.

En Monte Trashmore les encontraron hogar a catorce cobayas más.

ම ම ම

Y Virginia Beach resultó fantástica para los conejillos de Indias. La gente se volvió loca por los cobayas en esa ciudad.

En el Museo de los Beatles regalaron a John, Paul, George y Ringo. En el parque Brisa del Océano no regalaron ninguno; pero, en cambio, vieron la estatua de un gorila gigantesco que se llamaba Hugo Mongo. En el parque de atracciones regalaron ocho conejillos más. Y una señora adoptó diez, porque se enamoró de uno y luego de otro, y de otro y de otro...

—Virginia Beach es un éxito —dijo Webster.

—La Operación Conejillos de Indias es lo que es un éxito —dijo Stink.

—Es hora de volver a Chillones sobre ruedas —dijo la señorita Trino—. La próxima parada será en casa de mi amiga Daisy.

Cuando volvieron a la camioneta, encontraron que algo extraño pasaba: el claxon sonaba, la radio atronaba y los limpiaparabrisas estaban funcionando.

¡Por todas las bolas peludas del mundo! Veintitrés conejillos de Indias andaban sueltos. Aquellas bolas peludas estaban disfrutando de una gran fiesta.

—¡Corra, señorita Trino! ¡Los cobayas si que se están divirtiendo ahí dentro!

—¡Caracoles! —exclamó Webster cuando vio el termo de la señorita Trino volcado—. ¡Los cobayas se bebieron su café!

«¡Súper revoltijo!» el Gran Expreso del Cobaya se había convertido en un Cobaya Expreso Doble. Había conejillos, por aquí, por allí y por allá; salían de todas las cajas, de todas las bolsas, de todos los cajones y de todos los rincones.

Corrían por toda la camioneta. Daban vueltas sobre el mostrador. Salían y entraban en el fregadero vacío. ¡Ricitos de Oro fisgoneaba en el armario!

Los tres chicos persiguieron a las peludas bolas corredoras y las volvieron a meter en sus jaulas.

Cuando acabaron de arreglar y limpiar aquel desastre, la señorita Trino exclamó:

—¡Uf! Última parada... ¡la casa de mi amiga Daisy!

Camino al Refugio de Cobayas, Astro sacó la cabeza de la mochila de Stink.

—Llegó el momento —dijo Stink rozando con su nariz la de su peludo preferido—. Te voy a extrañar.

Daisy, la amiga de la señorita Trino, los esperaba en la puerta.

—¡Son preciosos! —exclamó.

—Nos quedan veintitrés —dijo Stink—. ¿Con cuántos puede quedarse usted?

—Con los veintitrés.

—¿Está segura? Veintidós es un número más redondo. Veintitrés suena como si sobrara uno, ¿no le parece?

—No. Uno más no es ningún problema —aseguró Daisy.

—Me temo que todos estos cobayas se van a portar como saltimbanquis de circo —dijo la señorita Trino.

—Están borrachos de café —apuntó Webster.

—Estoy segura de que tengo lo que se necesita para que salgan de ahí —Daisy señaló un campo de juegos allí cerca.

—¡Un parque de atracciones para conejillos! —exclamó Sofía de los Elfos.

Había una noria para cobayas, un súper tobogán y hasta una casa embrujada. En segundos, los conejillos de Indias estaban atravesando túneles, trepando por las piedras y escondiéndose en agujeros.

—¿Ya vieron? Están empezando a cansarse —dijo Daisy.

Stink dijo adiós a Astro:

—Chico, aquí la vas a pasar súper —le murmuró junto al collar de piel alrededor

de su garganta—. Virginia Beach es un sitio estupendo para vivir.

—¡Ah, casi me olvido! —exclamó Daisy—. Tengo algo para ustedes —y les enseñó unas camisetas en las que decía "Cobayas al poder".

Webster, Sofía y Stink dieron las gracias a Daisy. La señorita Trino le dio las gracias también a su amiga y la abrazó al despedirse.

—¡Tenemos que irnos! —dijo la señorita Trino—. Nos espera un largo camino a casa.

Los chicos recogieron sus mochilas y se subieron a la camioneta.

Stink miró las jaulas vacías. ¿Qué interés podía tener el Gran Expreso del

Cobaya sin cobayas? ¡O unos Chillones sobre ruedas sin chillidos? Una camioneta sin conejillos era como una enciclopedia sin la letra S.

Los peludos datos de Stink

¡RUMBO A TOLEDO!

¡LAS GRANDES MENTES PIENSAN LO MISMO! UNOS RESCATADORES DE COBAYAS DE CALIFORNIA METIERON MÁS DE CIEN BOLAS PELUDAS EN UN MINI AUTOBÚS QUE LLAMARON COBAYABÚS.

EL VIAJE DURÓ **11 DÍAS**.

¡De Califonia a Toledo, Ohio!

COBAYABÚS
California Ohio

CALIFORNIA

OHIO

ENCONTRARON HOGARES PARA LOS COBAYAS A LO LARGO DEL CAMINO

UNAS **5,700** MILLAS, IDA Y VUELTA. ¡GUAU...!

DE REGRESO A CASA

Cuando Stink llegó a casa le entregó a su familia un recuerdo: una caja de dulces chiclosos de Virginia Beach. Y les contó a sus padres con todo detalle lo que había pasado durante el viaje, incluyendo lo de la Ciudad de los Cerdos, el gran baño de espuma en la fuente de Monte Trashmore y el parque de atracciones para cobayas.

La mamá no paraba de reírse cuando contó lo del termo de café volcado en la camioneta. También Judy quiso reírse, pero no pudo: tenía los dientes pegados con demasiados dulces chiclosos.

—¡Ojalá se me hubiera ocurrido traerle dulces chiclosos a Judy hace mucho tiempo! —bromeó Stink—. Ésta es la primera vez en mi vida que puedo hablar tanto rato sin que ella me interrumpa.

Mientras la familia de Stink se reía y contaba historias, Stink pensaba en Astro y lo extrañaba. También extrañaba a los otros conejillos, pero menos que a él.

Mouse entró en la cocina arrastrando la mochila de Stink, mordiendo con los dientes uno de los tirantes.

—¡Hola, Mouse! —lo saludó Stink—. Sí, esa es mi mochila. Sí, regresé a casa.

—No puedo creerlo —dijo Judy—. De verdad que no puedo creer que haya

salido de debajo de mi cama. Ha estado allí metido y como atontado todo el tiempo que estuviste fuera, como si estuviera de mal humor.

—¿Me extrañaste, eh? —preguntó Stink tirando de su mochila; pero Mouse no la soltaba.

—¡Dame, suelta! —dijo Stink.

—¡Qué extraño! —comentó su mamá.

—Necesito mi mochila, Mouse —dijo Stink—. Y la vas a tener que soltar tarde o temprano.

—Sí, más bien temprano —dijo Judy—. Porque mañana tenemos escuela y apuesto a que todavía no has hecho la tarea.

—Stink, ¿es eso cierto? —preguntó papá.

—Bueno... verás... yo... —titubeó Stink.

En ese momento, Mouse hizo un ruido raro. Todos se quedaron quietos. El ruido sonaba como un ronroneo, pero era un ronroneo que no provenía de Mouse. No. El ruido raro salía de la mochila de Stink.

Stink sabía que sólo había un ser que podía ronronear como un gato sin ser un gato. Metió la mano en la mochila y sacó una bolita peluda, la bolita peluda más preciosa que había visto en su vida.

—¡Astro! —exclamó Stink, frotando su nariz con su bolita de pelo preferida—.

No sé cómo lo hiciste. Se suponía que te habías quedado en Virginia Beach —Stink se sentó, puso a Astro sobre sus rodillas y le rascó debajo de la barbilla.

—¡Stink! ¿Lo escondiste y te lo trajiste de vuelta? —quiso saber Judy.

—Stink —dijo su papá, serio—, creo que habíamos quedado en que...

—¡Yo no lo escondí! ¡De verdad! Ni siquiera sabía que estaba ahí dentro. Debe de haber estado ahí durante todo el viaje.

—Un gato, más un conejillo de Indias es igual a "Problemas", con P mayúscula, se los digo yo —aseguró Judy.

Justo en ese momento, Mouse saltó hasta las rodillas de Stink.

—¡Mouse, no! —gritó Stink; pero Mouse empezó a lamer a Astro de arriba a abajo, como si el cobaya fuera un gatito.

El papá miró a la mamá. La mamá miró al papá. Y antes de que Stink pudiera preguntar, los dos asintieron. ¡Estaban de acuerdo en que Stink se quedara con Astro!

¡Fantástico! Stink se sentía en el cielo de los cobayas; y de los conejillos de Indias, también, claro.

¡¡¡Astro-nómico!!!